Colorful Little Turkeys

A Thanksgiving Coloring and Activity Book

by Color Me Coconut™

Colorful Little Turkeys

A Thanksgiving Coloring and Activity Book

ISBN: 9798334538054 (Paperback)

Library of Congress Cataloguing-in-Publication Data
Book cover design by Color Me Coconut LLC
Printed by Amazon.com in the United States of America
First printed edition September 2024

Color Me Coconut LLC
info@colormecoconut.com
301 South State Street
Suite 102S
Newtown, PA
18940

HAPPY THANKSGIVING!

This book belongs to:

_____

4

Help the bear find his way to his den so he can hibernate for the winter

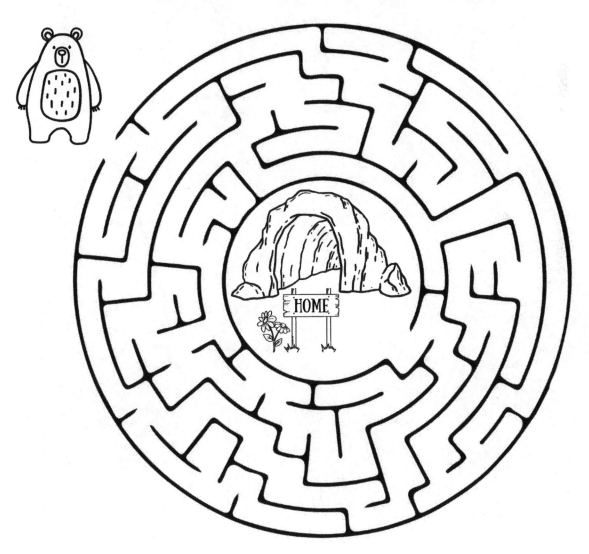

8

9

HAPPY HARVEST

Harvest Word Search

```
          I V
          M T I
        L N T
      A M C S H M O
    X H P L N L C U A K W C
  E A R A X R V D Z N N E H T
  L I E I G T B G B W Z F K L V P
  V V C E M V U C X K B Y L F X P
H S E A S O N A L L H H V A O U U
F P R W Q F H E R I T A G E J W L O
S A O T I V Q B L E S S T A T V E W
O O V H S H A R I N G Y D I N N E R
Q J S O L W Q A U I L K X Q L Z L M
M W K U R G Z K H O M E H O U N B G
U H Z I U F F O W K M K P K N
G R B P Q T W Q O I S G X X L
  N P B U B E Q E Q G J F B
    I F S P Q C G P U
```

BLESS   **HOME**
DINNER   **SHARING**
SEASON   **HERITAGE**
SUNFLOWER   **THANKFUL**

Color the fox's uniform and helmet with the colors of your favorite team!

Thanksgiving Word Search

```
F  O  P  V  N  O  V  E  M  B  E  R
A  U  I  G  N  I  G  H  O  S  T  L
L  A  L  L  P  U  M  P  K  I  N  T
L  A  G  N  T  E  D  O  I  C  I  C
A  G  R  A  T  I  T  U  D  E  C  F
H  S  I  U  P  U  U  L  M  P  K  A
A  T  M  G  C  O  R  N  E  F  R  M
R  O  S  B  O  R  I  K  K  C  T  I
V  C  T  R  G  A  T  H  E  R  E  L
E  A  R  M  L  E  C  O  T  Y  I  Y
S  F  C  U  N  F  H  S  I  D  U  N
T  S  P  H  O  L  I  D  A  Y  E  Y
```

TURKEY	NOVEMBER	HOLIDAY
FAMILY	PILGRIMS	GRATITUDE
PIE	CORN	HARVEST
GATHER	PUMPKIN	FALL

Cozy Weather Gear

23

Help the squirrel find the acorn

28

Help the lost chicken find her way back to the barn!

Turkey Tic-Tac-Toe

Directions: This game requires two players. Decide who is going to be the X and who is going to be the O. Take turns placing an X or an O on the grid. The player to get 3 in a row first wins the game!

Draw your own Thanksgiving picture!

Made in the USA
Las Vegas, NV
24 November 2024

12578324R00024